Table des matières

Michèle LeBlanc
Une rencontre inattendue

Enfin l'été. Eh oui! c'est la première journée officielle des vacances, et François est heureux. Plus d'horaire, plus d'obligations. C'est le temps de s'amuser! Il pourra enfin s'en donner à cœur joie. C'est du moins ce qu'il croit. Il termine son déjeuner et se demande comment il entreprendra cette fantastique journée lorsque sa mère, Caroline, revenant de faire des courses, entre à toute vitesse et s'exclame :

— François, François, où es-tu? Viens vite, nous avons reçu du courrier en provenance du camp Source de vie à Hearst.

Ah non! se dit-il. Il croyait pourtant avoir été clair. Il ne veut pas aller à ce camp. Il préfère demeurer à Ottawa, chez lui, et choisir les activités qui lui plaisent.

— Allez, François, ouvrons vite cette lettre. J'espère que ta demande d'inscription ne sera pas arrivée trop tard et que tu seras dans le même groupe qu'Yves, ton cousin.

Ils ouvrent donc la lettre. C'est une confirmation. Il est inscrit, et le camp débute le 14 juillet. L'accueil aura lieu à 9 h.

— Fantastique! Et quand tu reviendras, il ne restera que deux semaines avant nos vacances pendant lesquelles nous irons camper dans la splendide baie Georgienne.

5

— Maman, j'avais pourtant mentionné que ce camp ne m'intéressait pas. Je suis bien ici, même si vous êtes au travail. Je peux m'organiser, il n'y a pas de problème.

— François, je crois vraiment que ce camp sera bénéfique pour toi. Tu y rencontreras plein de nouveau monde, tu feras toutes sortes d'activités. Et, ne t'inquiète pas, il te restera assez de temps pour tes fameux jeux vidéo.

— Mais Maman, je préférerais...

— Ton père et moi sommes convaincus du contraire. Tu verras, très bientôt tu nous remercieras de t'avoir permis de vivre cette expérience inoubliable...

Le ton ne laisse pas de doute. Malgré ses récriminations, François ira au camp. La date fatidique arrive à grands pas.

☾ ☾ ☾

— Tes bagages sont-ils prêts? Nous avons 11 heures de route avant d'arriver. Il faut partir tôt. Assure-toi de ne rien oublier, lui conseille sa mère.

— Oui, oui, Maman, répond candidement François en soupirant.

Ils effectuent le voyage jusqu'à Hearst en deux jours pour arriver au camp à l'heure indiquée.

6

À peine descendu, François doit l'avouer, le site est enchanteur. Le bâtiment principal trône au milieu d'une forêt de bouleaux et le lac Kennedy est magnifique : d'un bleu-vert vraiment spécial. Immédiatement, on vient à leur rencontre.

— Je me présente, Pierre-Olivier Boivin, responsable du camp.

— Denis Simard, mon épouse Caroline et notre fils François.

— Bienvenue au camp, François.

On leur fait faire une visite guidée et on leur explique en détail le fonctionnement du camp. Puis, les adieux aux parents ont lieu et les jeunes se retrouvent dans leur groupe respectif. François fait équipe avec quatre autres jeunes, y compris son cousin Yves. Leur moniteur s'appelle Antoine.

Avant d'entreprendre les activités proprement dites, Antoine suggère de faire une activité brise-glace pour apprendre à se connaître. Il demande donc à tous de se nommer, de mentionner leur lieu de résidence et d'énumérer les choses qui les décrivent le mieux. François n'aime pas ce genre de préambule. Il est timide de nature et n'est pas à l'aise de s'exprimer devant les autres. Naturellement, il est désigné à parler le premier.

— François Simard. J'ai douze ans et je demeure à Ottawa, se limite-t-il à dire.

Yves, pour le sortir d'embarras, voyant la rougeur sur son visage, enchaîne immédiatement pour éviter qu'Antoine questionne François.

— Yves Cormier. J'ai également douze ans. Je suis le cousin de François et j'habite Toronto. Vous avez dû le deviner, je suis d'origine vietnamienne, mais j'ai été adopté lorsque j'étais bébé. J'aime les sports, les activités en plein air, la lecture, la musique et la natation.

— Moi, je m'appelle Jean-Denis Laliberté. J'ai treize ans et je viens de Timmins. Ce sont les excursions, les activités sur l'eau et l'action qui me passionnent.

8

— Camille Boucher de North Bay. Je suis sociable, j'aime la musique, l'eau, le canot et j'aime aussi m'amuser en groupe.

— Sophie Harvey. Moi aussi, je vis à North Bay. Mes parents sont anglophones et je vais dans une école d'immersion. J'ai choisi ce camp pour améliorer mon français, dit cette dernière avec un léger accent.

— Maintenant que la glace est brisée, poursuit Antoine, je vous propose, étant donné la température chaude, de commencer votre séjour par la baignade.

Le groupe répond oui en chœur. Dans le dortoir, les trois garçons en profitent pour échanger quelques mots.

— Merci, Yves, pour ton aide. Tu as vite compris que je n'aime pas ce genre d'échange.

— Ce n'est rien. Moi, je suis habitué à ce genre d'expérience, et ça m'a fait plaisir de venir à ta rescousse. Antoine n'a peut-être pas apprécié, mais, après tout, on est ici pour s'amuser.

— Et comment! rétorque Jean-Denis. Croyez-vous qu'on nous permettra d'aller faire des excursions en forêt? J'espère que oui parce que c'est ce dont je rêve depuis longtemps.

— Je pense que, si nous allons en forêt, ce sera en groupe, affirme Yves.

— C'est dommage. On devrait y aller tous les trois. Juste un petit tour, sans en parler. Qu'en dites-vous?

Les deux garçons n'osant répondre négativement se contentent de hausser les épaules. Ils ne sont pas habitués à agir ainsi. Ils s'en vont ensuite retrouver Camille, Sophie et Antoine.

Pour François, le camp se déroule sans autres embûches jusqu'au troisième jour. Il ne s'amuse pas dans toutes les activités et pense à son retour à la maison, à ses jeux vidéo, mais il réussit tout de même à s'en sortir : jusqu'au moment où on leur parle de théâtre, de la préparation d'un sketch à présenter aux parents.

— Ah non! vraiment pas. Ce n'est pas mon genre du tout, explique-t-il à ses deux amis.

— On va t'aider, ne t'inquiète pas, lui dit Yves pour le rassurer.

— Non, mais, si tu n'aimes vraiment pas cela, peut-être devrions-nous en profiter pour faire une balade en forêt? Nous pourrions alors éviter les premiers préparatifs.

L'idée ne sourit guère à François et encore moins à Yves. Mais, étant donné qu'il ne veut vraiment pas faire l'activité de théâtre, François donne son accord. Ne voulant pas rompre l'unité des trois, Yves se range de leur côté. C'est entendu qu'après le souper on leur laisse un peu de temps libre avant de reprendre avec le théâtre. C'est à ce moment là qu'ils en profiteront pour filer.

Tel qu'ils l'avaient prévu, nos trois larrons empruntent le sentier d'interprétation qui ceinture le lac. Après une heure de marche, ils entendent un craquement et, croyant que c'est peut-être un animal sauvage, détalent à toute vitesse. Malheureusement, François se prend les pieds dans une racine. Il tombe par terre et pousse un cri de douleur.

— François, François, es-tu OK?

— Aïe! Aïe! Je me suis fait mal à une cheville.

En disant cela, il la montre aux autres. C'est évident qu'il y a quelque chose d'anormal.

— Je crois qu'elle est cassée.

— Ah non! qu'allons-nous faire? questionne Yves.

— Je pourrais aller chercher des secours pendant que tu restes avec François.

— Et s'il t'arrive quelque chose à ton tour?

— Ouais, on est peut-être mieux de demeurer ensemble, dit doucement François.

— Au moins, je vais regarder aux alentours si on ne pourrait pas trouver un endroit plus sûr, reprend Jean-Denis.

Au bout de quelques minutes, Jean-Denis découvre une petite clairière, tout près.

— Aidons François et allons nous y installer en attendant. Je suis certain que le camp enverra des secours.

Sitôt installés, ils voient les buissons bouger pas très loin. Les trois amis demeurent immobiles, sans broncher, sans respirer. Surprise! C'est un loup. Et un loup, on le sait, est rarement seul... Ce qui semble être une femelle s'approche tranquillement d'eux. Les garçons n'ont que le goût de hurler à tue-tête. C'est alors qu'ils entendent parler.

— N'ayez pas peur, je ne vous ferai aucun mal.

Croyant rêver, ils se regardent. Yves se pince. La louve reprend alors.

— Non, non, vous ne rêvez pas. C'est bien moi qui parle.

— Un loup qui parle! Mais ce n'est pas possible! s'exclame Jean-Denis.

— Rare, oui, impossible, non, rétorque la louve. Puis-je savoir, les garçons, ce que vous faites ici? enchaîne-t-elle. La nuit tombera bientôt et vous ne serez pas en sécurité dans la forêt.

— On le sait bien, mais nous ne pouvons faire demi-tour : François a une cheville cassée. Et tout cela est de ma faute, dit Jean-Denis, la gorge serrée. Je voulais absolument aller dans la forêt et, comme François ne voulait pas faire de théâtre, je les ai incités à m'accompagner.

Jean-Denis n'a pas terminé sa phrase que les trois garçons voient apparaître un petit loup. Puis, un deuxième et un troisième. Ce dernier semble éprouver de la difficulté à se déplacer.

— N'ayez aucune crainte, dit la louve. Ce sont mes bébés.

— Qu'est-ce qu'il a le dernier louveteau? demande rapidement François. Est-il blessé?

— Oui, non, il est plutôt handicapé. Pas de naissance, cependant. C'est un accident. Vous savez, les garçons, lorsque des parents prodiguent des conseils, ce n'est pas pour être désagréable ou pour contrarier les enfants, c'est parce que leur expérience leur permet de se rendre compte de certaines choses. C'est donc pour leur bien qu'ils agissent ainsi. C'est ce que j'ai fait avec mes louveteaux. Mais, mon petit dernier, comme vous trois d'ailleurs, est parti seul à l'aventure. Il est tombé sur un piège de M. Turmel, l'homme des bois. Mon louveteau est demeuré pris au piège toute une nuit et, à force de se débattre, il a fini par se libérer. Mais sa patte en a gardé des séquelles. Voilà pourquoi il boite.

Le message de la louve fait réfléchir les garçons. Ils regrettent leur sortie. C'est un geste irréfléchi.

Entre-temps, au camp, on s'est aperçu de la disparition des trois garçons. C'est Sophie et Camille qui ont donné l'alerte. Pierre-Olivier, ne désirant prendre aucun risque, a communiqué par radio avec les autorités. Il faut retrouver les jeunes avant la nuit, sinon… Heureusement, la clarté du Nord leur donne encore quelques heures, soit jusqu'à 23 heures, au plus. Les recherches s'organisent rapidement avec l'aide d'une équipe venue de Hearst, à 20 minutes de là. Après deux heures de recherche intensive, on retrouve les trois compères. Il est 22 h 35.

— Eurêka! Nous sommes sauvés! s'exclame Jean-Denis en voyant apparaître un membre de l'équipe de sauvetage.

— Vite, dit Yves. François s'est cassé la cheville et il souffre.

François s'apprête à parler de la louve, mais il ne la voit plus. Dès que l'équipe s'est approchée, elle en a profité pour se sauver. François décrit tout de même leur rencontre.

— Nous avons été chanceux, une louve est venue nous trouver et a discuté avec nous. Elle faisait preuve d'une grande sagesse.

Pierre-Olivier, qui accompagne le groupe, croit que c'est la douleur qui fait délirer François. Il réplique alors :

— Voyons donc, un loup ne peut pas parler. C'est vous trois qui auriez dû faire preuve de sagesse.

Voyant qu'on le regarde d'une drôle de manière, François renchérit.

— Je vous jure que c'est vrai. Hein! les gars, la louve nous a bien parlé, n'est-ce pas?

Ses amis ne bronchent pas… Mais il n'a pas rêvé! Il a hâte de se retrouver seul avec Yves et Jean-Denis pour en avoir le cœur net. Sentant le malaise, Pierre-Olivier change de sujet en annonçant aux jeunes qu'il a dû aviser leurs parents de leur escapade.

— J'informe immédiatement les gens au camp pour qu'ils les rassurent et, dès notre retour, nous les appellerons.

Grâce à l'équipement de secours des pompiers, on organise une civière d'urgence pour transporter François. Dès leur retour, on communique avec les parents. Lorsque François entend sa mère, il comprend encore plus ce que la louve leur a dit.

— François, pourquoi as-tu fait cela? François, je croyais… Et la voix lui manque.

— Maman, ne t'inquiète plus. Tout est correct à présent. Je m'excuse et je regrette. La louve m'a aidé à comprendre certaines choses. Entre autres, merci de m'avoir permis de venir au camp.

— Mais de quelle louve parles-tu? Tu veux m'effrayer encore plus? Étais-tu si malheureux au camp? Quand je pense à ce que tu as fait.

— Sois tranquille, Maman. Je le sais, c'est irréfléchi ce que nous avons fait. Je te le répète, les sages paroles de la louve…

16

Il n'a pas le temps de terminer sa phrase.

— François, comment veux-tu que je sois rassurée avec cette histoire de louve qui parle? Voyons, arrête tout de suite, je t'en prie.

— Mais Maman...

François n'en dit pas plus. Il voit bien que ce qu'il raconte est difficile à croire. Puis, peut-être a-t-il rêvé? Qui sait? Mais l'important n'est-il pas qu'il sorte gagnant de cette aventure? Et même s'il est seul à croire à cette louve, qu'est-ce que ça peut bien faire? Ce sera un bon souvenir pour lui, ce sera son souvenir à lui...

Et depuis cet incident, une légende circule au camp Source de vie. On y dit qu'une louve bienveillante, aux pouvoirs surnaturels, habite les alentours et qu'elle surveille les jeunes campeurs aventureux.

Début septembre. La température chaude laisse à penser qu'on est encore en plein été, mais, pourtant, c'est bien la rentrée des classes. Pour Benoît, c'est également une nouvelle aventure qui commence. Il entre au secondaire et avoue ressentir un peu de nervosité, puisqu'il devra s'adapter à plusieurs changements.

La première journée, on a regroupé tous les nouveaux élèves dans le gymnase. C'est un peu plus réconfortant pour Benoît, puisqu'il est entouré de tous ses compagnons de classe de l'an dernier.

— Bonjour, chers élèves, et bienvenue à votre nouvelle école, commence par dire la directrice, Mme Simard. Nous sommes heureux de vous accueillir en si grand nombre et de constater que vous avez l'air en pleine forme. Je suis certaine que vous vous plairez parmi nous.

Elle leur explique le code de vie de l'école et, par la suite, leur demande de se rendre dans leur salle de classe respective en suivant l'horaire qu'ils ont reçu.

— Sciences, salle 203, marmonne Benoît. Ça doit être dans cette direction, se dit-il en examinant le plan qu'on lui a donné.

Il prend donc la direction qu'il croit être la bonne pour s'apercevoir rapidement qu'il n'y a pas de salle 203 à cet endroit.

— Mais quelle est donc cette école? se dit-il. Pas moyen de se retrouver dans ce labyrinthe. Ça commence bien, je vais être en retard à mon premier cours. En plus, c'est celui de sciences, et ça ne me dit rien.

Il retourne sur ses pas et, à une intersection, rencontre Carl, un garçon qu'il connaît.

— Eh! À quel cours vas-tu? lui demande ce dernier en le croisant.

— Sciences, avec M. Jean Petit-Jean, répond-il.

— Moi aussi. Suis-moi, je sais où est la salle. J'ai dû me rendre au bureau central pour obtenir mon horaire. Nous allons être en retard, mais j'ai une note justificative.

Sur ces mots, la cloche sonne. Les deux garçons se dépêchent, mais arrivent trop tard. La porte est fermée. Ils entrent dans la salle de classe sans dire un mot et s'installent l'un à côté de l'autre. M. Petit-Jean se contente de les regarder et reprend son discours.

— Les sciences, les sciences… J'espère que vous êtes conscients que c'est la plus belle matière que vous étudierez cette année, dit-il avec un sourire narquois. Il y a peut-être des sceptiques dans le groupe, mais, vous verrez, si vous vous appliquez, vous adorerez mon cours.

Avant la fin du cours, il apporte une précision.

— J'allais oublier, dit-il. Vous avez sans doute remarqué l'armoire au fond de la salle. Vous avez accès à tout dans la salle de classe, sauf à cette armoire. Il vous est donc strictement interdit de l'ouvrir, tel que l'indique l'affiche.

— Pourquoi mettre une armoire dans la salle de classe si on ne peut pas s'en servir? demande Adam.

— Elle est là, mais vous n'avez pas le droit de l'ouvrir, un point c'est tout, répond M. Petit-Jean.

La sonnerie de la cloche met fin à cet échange.

Deux semaines s'écoulent. Le lundi suivant, Benoît arrive à son cours de sciences et se rend compte, en voyant les autres travailler, qu'il a oublié qu'il avait un rapport de laboratoire à remettre ce matin. Quel début d'année!

— M. Petit-Jean, vous ne me croirez pas, mais j'ai oublié de faire mon devoir, dit-il en s'approchant de lui. Serait-il possible de le terminer ce soir et de vous le remettre demain?

— Oublié? Je préférerais que tu me dises la vérité.

— Mais, c'est vrai que je n'y ai pas pensé. J'ai eu un trou de mémoire.

— Voyons, Benoît, pour qui me prends-tu? Tu devras te rendre à la salle de retenue à la fin de la journée pour terminer ton travail.

Benoît est déçu. Il a vraiment oublié. Il croyait que M. Petit-Jean serait compréhensif. Il retourne à sa place d'un air piteux en se répétant qu'il n'aime pas les sciences. Il ne voit vraiment pas à quoi cela lui servira.

M. Petit-Jean commence le cours en expliquant aux élèves qu'aujourd'hui ils réaliseront leur première expérience. Ils devront être attentifs, puisqu'ils manipuleront diverses substances.

— Formez des équipes de deux avant de commencer.

— Benoît, on fait équipe? demande Carl.

— On peut bien, répond ce dernier, sans entrain.

— Bon, je fais circuler une feuille de consignes, explique M. Petit-Jean. Vous devez les suivre à la lettre pour réussir l'expérience. Et, encore une fois, faites attention lorsque vous ferez les mélanges.

— OK, on commence, dit Carl en lisant les consignes. *Mélanger la substance du bécher numéro 1 avec celle du bécher numéro 2. Puis, ajouter la troisième substance. Noter les observations sur la feuille réservée à cet effet.* Tu fais les mélanges et je prends les notes?

— D'accord. Bon! Numéro 1 avec numéro 2. *Wow!* regarde la couleur, s'exclame Benoît.

— Je note la première observation, puis tu pourras ajouter le numéro 3. Vas-y!

— Numéro 3 ajouté au reste, confirme Benoît.

En disant cela, le contenant rempli des deux premiers ingrédients lui glisse des mains, tombe par terre et se casse. Une vapeur nauséabonde s'en dégage. Tous les regards se tournent vers Benoît. La cloche se met à sonner, et M. Petit-Jean, avec un regard de déception, annonce que le cours est terminé pour aujourd'hui.

Benoît est découragé. M. Petit-Jean ne l'a pas cru et, en plus, il a été la risée de tous. Puisqu'il a une période de travail libre, il se rend à la bibliothèque pour avancer dans la rédaction de son rapport de laboratoire. Quelques instants plus tard, Adam se joint à lui.

— Ça va mal tes affaires aujourd'hui, dit ce dernier. Pensais-tu vraiment que le prof croirait à ton histoire? En plus, quelle gaucherie…

— Mais ce n'est pas une histoire, c'est la simple vérité. Fiche-moi la paix!

Heureusement pour Benoît, les jours qui suivent se déroulent sans anicroches. M. Petit-Jean a même été gentil avec lui au cours suivant. Il lui a mentionné qu'à ses tout débuts le même genre d'accident lui était arrivé. Encouragé davantage par cette marque de compréhension, Benoît profite de son temps libre pour faire ses devoirs de sciences.

— Qu'est-ce que tu fais? demande Adam en s'assoyant près de lui.

— Le dernier rapport de laboratoire, murmure Benoît.

Il n'apprécie pas vraiment la présence d'Adam. Même si Benoît n'est pas l'élève le plus travaillant, il veut tout de même réussir. Et, il le sait, tout ce dont rêve Adam, c'est de quitter l'école.

— Moi aussi, et j'ai de la difficulté. On travaille ensemble?

Incapable de dire non, Benoît acquiesce d'un mouvement de la tête. Comme ils n'arrivent pas à comprendre la dernière partie de l'exercice, ils se rendent à la salle de classe de sciences pour demander des explications à M. Petit-Jean. Arrivés sur les lieux, ils constatent que leur enseignant n'y est pas. Ils décident d'y entrer malgré tout.

— On peut peut-être attendre quelques instants, dit Benoît.

— Ouais, rétorque Adam.

Son regard se dirige immédiatement vers le fond de la salle de classe.

— Je me demande ce qu'il y a dans cette mystérieuse armoire, dit Adam. Pourquoi y a-t-il un cadenas?

— Parce qu'il est interdit de l'ouvrir, répond Benoît. Elle contient peut-être des produits dangereux.

— Ouais… Tu sais, il est facile d'ouvrir ce type de cadenas, poursuit Adam. J'ai bien envie de découvrir le contenu de cette armoire.

Sans plus attendre, il prend un grand trombone dans le pot qui se trouve sur le bureau de l'enseignant.

— Je devrais arriver à l'ouvrir avec ça, dit-il.

— On ne peut pas… On ne doit pas… Viens, on s'en va. On reviendra plus tard.

— Non! Surveille la porte!

— Adam, ne fais pas ça, supplie Benoît. Le début de l'année a été suffisamment stressant. Je ne veux pas me retrouver dans ce genre de situation.

— Surveille la porte, je t'ai dit! Ça ne sera pas long, lance Adam.

Benoît ne veut pas et ne sait trop que faire. Il se dirige vers la porte en se disant qu'il n'aurait jamais dû travailler avec Adam. Quelques instants plus tard, ce dernier lui annonce qu'il a réussi.

— Viens, on va regarder ce qu'il y a à l'intérieur, dit Adam.

Même s'il n'est pas d'accord, la curiosité l'emporte. Benoît s'approche de l'armoire.

— Qu'est-ce que c'est que cela? s'étonne Adam. Il n'y a que de la paperasse dans cette armoire. Pourquoi tous ces secrets?

Benoît regarde à son tour. On dirait… Il n'a pas le temps d'examiner plus en détail le contenu de l'armoire. Il entend la voix de M. Petit-Jean.

— Qu'est-ce que vous faites là? Je vous avais pourtant avertis de ne pas ouvrir cette armoire, dit M. Petit-Jean avec colère. Allez! Tous les deux au bureau de Mme Simard, et tout de suite!

— Il n'y a rien dans votre armoire, répond Adam d'un ton impoli. Pourquoi faire des histoires avec ça?

— Je vais t'en faire, moi, des histoires, dit M. Petit-Jean en élevant la voix.

— M. Petit-Jean, je ne voulais pas, dit Benoît.

— Tu raconteras ça à la directrice, rétorque M. Petit-Jean.

Ah, non! On ne le croit pas encore. Adam et lui arrivent au bureau central, escortés par leur enseignant qui fulmine.

— Est-ce qu'on peut voir Mme Simard? demande M. Petit-Jean à la secrétaire.

— Elle est dans son bureau, vous n'avez qu'à entrer, répond cette dernière.

— Mme Simard, ces deux jeunes ont désobéi à mes ordres et ont ouvert mon armoire sans permission, dit-il sans aucun préambule.

— Y'a rien dans son armoire, rétorque Adam pour se défendre.

— Un instant, s'il te plaît, dit Mme Simard. Continuez, M. Petit-Jean.

— Comme je vous l'ai dit, ils ont forcé mon armoire. J'avais strictement interdit à mes élèves de le faire, en début d'année, et ces deux-là n'ont pas écouté. Ils sont entrés dans ma salle de classe pour commettre ce délit.

— Ce n'est pas ça du tout, hurle Adam.

— J'ai dit un à la fois. Benoît, quelle est ta version des faits? demande Mme Simard.

— Nous sommes allés dans la salle de classe de M. Petit-Jean pour lui demander des explications à propos de notre rapport de laboratoire. Comme il n'était pas là, nous avons décidé d'attendre, et c'est à ce moment-là qu'Adam a pensé à ouvrir l'armoire.

— Et toi, tu n'as rien fait pour m'en empêcher! clame Adam.

— Je n'ai pas ouvert l'armoire, mais je t'ai laissé faire, c'est vrai, et j'ai regardé à l'intérieur. Je suis conscient que je suis aussi coupable que toi.

— Bon! c'est déjà ça, dit Mme Simard. Vous devinez, les gars, qu'il y aura des conséquences à votre action. Premièrement, vos parents seront avisés et, deuxièmement, avec l'aide de M. Petit-Jean, nous déciderons des mesures à prendre.

— Je vous dis qu'il n'y a rien dans cette armoire. C'est uniquement de la paperasse. Pourquoi en faire tout un plat? renchérit Adam.

— Adam, ce que tu ne comprends pas, c'est que ce n'est pas d'avoir vu le contenu de l'armoire qui est le plus grave, mais bien d'avoir enfreint le règlement de M. Petit-Jean.

— Je m'excuse, M. Petit-Jean, dit Benoît. Ce n'est pas correct, ce que nous avons fait.

— Je dois discuter avec votre enseignant. Allez vous asseoir dans l'entrée et nous vous reviendrons dans quelques minutes, dit la directrice.

Les deux garçons sortent du bureau. Adam exprime tout de suite son mépris envers Benoît.

— Je m'excuse, M. Petit-Jean, dit-il en imitant Benoît. Il n'y a rien dans cette armoire. C'est juste une excuse pour nous punir. En plus, tu m'as dénoncé!

— Arrête, Adam! Nous n'avions pas le droit de faire ça.

Leur conversation est interrompue.
Ils sont rappelés dans le bureau de la
directrice.

— Eh bien! les gars, M. Petit-Jean et
moi communiquerons avec vos parents et
vous devrez l'aider à entretenir sa salle de
classe jusqu'à la fin du semestre.

— Pendant le reste du semestre? Mais
c'est bien trop long! réplique Adam.

— M. Petit-Jean et Benoît, vous pouvez
retourner à vos occupations. Adam, tu
restes ici. Nous devons discuter, ajoute
Mme Simard.

Benoît quitte le bureau de la directrice en
compagnie de son enseignant. Comme
il veut récupérer son sac d'école qu'il
a laissé dans la salle de classe, il le suit.

— M. Petit-Jean, je ne veux pas être
impoli, mais est-ce que je peux savoir
c'est quoi cette paperasse dans l'armoire?
J'ai cru voir des manuscrits.

— Tu as bien vu, Benoît. Il s'agit de
copies d'un manuscrit que j'ai écrit. C'est
un volume d'initiation aux sciences pour le
secondaire.

— Mais pourquoi tous ces volumes?

— J'ai tenté à plusieurs reprises de faire éditer mon livre par diverses maisons d'édition.

— C'est vous qui l'avez écrit?

— Oui.

— Mais pourquoi cela n'a-t-il pas fonctionné?

— Quand j'avais ton âge, je me passionnais déjà pour les sciences. Malheureusement, je limitais mes efforts à ce domaine. J'ai donc négligé mon écriture en français. Et c'est pourquoi on refuse mon manuscrit. On m'a dit que plusieurs autres qu'ils avaient reçus étaient de bien meilleure qualité.

— Mais pourquoi les gardez-vous dans cette armoire plutôt que chez vous?

— Je me prépare à déménager. J'ai acheté une maison et, comme mon appartement est actuellement sans dessus dessous, je les ai apportés ici pour m'assurer de les avoir sous la main au cas où… De toute façon, ce livre demeure une source d'inspiration pour la préparation des cours.

Benoît se rend compte que M. Petit-Jean aime vraiment sa matière et cherche à transmettre à ses élèves son intérêt pour les sciences. Il comprend aussi que, même si sa passion est la musique, il ne doit pas limiter ses horizons et ses apprentissages. Tout peut lui servir. En pensant à cela, une idée surgit dans sa tête.

— M. Petit-Jean, j'ai une idée. Je pourrais parler à ma tante. Elle fait des études universitaires en sciences et est excellente en français. Elle pourrait vous aider à corriger votre manuscrit et vous pourriez l'utiliser cette année avec vos élèves pour vérifier si tout est à jour. Ce serait encore plus vendeur pour une maison d'édition. Qu'en dites-vous?

— Je ne sais pas, Benoît. Il est certain que d'avoir quelqu'un qui pourrait m'aider à réviser le tout pourrait être une solution.

C'est ainsi que Benoît s'engagea à aider son enseignant. Il libéra un peu sa conscience de son erreur et fut enchanté de venir en aide à quelqu'un comme M. Petit-Jean.

L'ÉTRANGE
MIROIR

— Voyons, Philippe, ce n'est pas si dramatique que ça de déménager. En plus, toi qui adores le hockey, tu pourras en profiter encore plus. Les plus grandes villes permettent d'y jouer, bien sûr, mais aussi d'aller voir des matchs, dit Zoé en fermant une boîte contenant ses objets personnels.

— Ouais! mais je n'aurai plus mes amis. Ça ne sera plus pareil. J'aurais vraiment préféré demeurer ici, dit Philippe d'une voix triste.

C'est sur cette note que se termine la dernière journée des Lapointe dans leur maison de Kirkland Lake. Après demain, les quatre membres de la famille partiront pour North Bay, où M. Lapointe commencera

son nouvel emploi. L'usine pour laquelle il travaillait doit fermer, mais, heureusement, on lui a proposé un autre travail. Pour cela, il doit cependant déménager avec sa famille. Nouvelle ville, nouveaux défis et nouveaux amis.

Deux jours plus tard, les Lapointe emménagent dans leur nouvelle maison. Heureusement, les déménageurs se chargent du gros du travail. Philippe, âgé de 13 ans, et Zoé, 14½ ans, s'occupent donc de ranger leur chambre respective. Claudette, leur mère, supervise le tout avec gaieté et vivacité. On prend une pause pour dîner, et le travail reprend. Toutefois, les deux jeunes, un peu ennuyés par le rangement, décident d'explorer en détail tous les coins de la maison, leur chien Filo à leur suite.

Surprise! Au bout du corridor menant à leurs chambres se trouve une porte fermée à l'aide d'un petit crochet.

— Où mène cette porte? demande Philippe à Zoé.

— Aucune idée. Mais on va le savoir assez vite, dit Zoé en tirant le crochet.

Un escalier apparaît devant eux. Les deux jeune se regardent et Zoé invite son frère à la suivre.

— Allez, viens, on va voir. J'imagine que c'est le grenier.

— Ouais! Mais Maman nous a bien dit de nous limiter à nos chambres.

— C'est vrai, mais c'est notre maison, après tout. En tout cas, moi, je vais voir. Viens-tu, Filo?

Ils grimpent l'escalier et débouchent sur une grande pièce qui fait office de grenier.

Divers objets, quelques meubles et beaucoup de poussière : les yeux des deux jeunes examinent en détail la pièce.

— *Wow*! s'exclame Zoé. Quel paradis!

— Paradis? Où vois-tu un paradis?

— Imagine ce qu'on peut faire de cette pièce. Ça pourrait devenir une salle spéciale pour nous.

Salle…

Philippe ne termine pas sa phrase et montre du doigt un énorme banc en bois.

— On regarde ce qu'il y a dedans?

— Oui, Phil.

Ils soulèvent donc le couvercle et aperçoivent divers objets anciens.

— Qu'est-ce que vous faites là, les enfants?

La consigne était de terminer vos chambres, les surprend leur mère.

— Mais, Maman, regarde les trésors qu'on vient de découvrir, dit Zoé.

— Ne touchez à rien, dit Claudette en regardant de plus près. Ce sont des antiquités et, probablement, des objets auxquels tiennent les anciens propriétaires.

— Voyons, Maman, ils les auraient apportés, dit Philippe.

— C'est peut-être un oubli, dit leur mère. Ces gens vivaient ici depuis longtemps et il n'est pas évident, dans ce cas, de quitter sa maison. Avant de toucher à quoi que ce soit dans ce banc, nous allons vérifier avec eux.

De retour à l'étage, les deux adolescents supplient leur mère pour qu'elle leur téléphone immédiatement. Elle finit par céder à leur désir, mais la tentative échoue.

— Continuons à travailler et je tenterai de les joindre plus tard, les informe leur mère.

C'est à contrecœur que Zoé et Philippe se dirigent vers leurs chambres. À la fin de l'après-midi, ils reviennent toutefois à la charge.

— Maman, tu essaies de les joindre de nouveau? demande Zoé.

Encore une fois, Mme Lapointe accepte de
leur téléphoner. Cette fois-ci, Mme Brassard,
l'ancienne propriétaire, répond. Elle lui
apprend qu'ils ont laissé délibérément des
objets dans le grenier. Ils ne leur servaient
plus, ils dataient de très longtemps et ils leur
rappelaient une vieille querelle qui perdurait
entre eux et les voisins. En ce qui concerne
la cause de la chicane, toutefois, pas moyen
d'en apprendre davantage.

Zoé et Philippe regardent leur mère qui vient
de raccrocher. Elle semble troublée.

— Qu'est-ce qu'il y a, Maman? s'inquiète
Zoé.

— Hum! rien, rien.

— Pourquoi fais-tu cette tête-là, alors?

— Je suis juste un peu surprise. Mme Brassard m'avait paru tellement avenante jusqu'à présent et, aujourd'hui, lorsque je lui ai parlé du grenier et des objets qui s'y trouvent, j'ai senti que quelque chose n'allait pas.

Le lendemain matin, leur installation est loin d'être terminée, mais Mme Lapointe décide de profiter du soleil et sort faire le tour du terrain. Elle espère voir les voisins et souhaite que les choses se passent bien avec eux.

Heureux hasard, Mme Smith, la voisine, descend l'allée en portant ses poubelles. Mme Lapointe en profite.

— Bonjour! Belle journée! Si je comprends bien, c'est la journée des ordures?

Comme réponse, Mme Smith lui adresse un signe de tête. Comme elle désire clarifier la situation tout de suite, Mme Lapointe reprend.

— Aussi bien se présenter, puisque nous serons voisins. Claudette Lapointe. Mon mari s'appelle Bernard et mes enfants, Zoé et Philippe.

— Clara Smith, se limite-t-elle à dire.

Comme elle semble vouloir mettre fin à leur conversation, Mme Lapointe enchaîne tout de suite.

— Mme Smith, je sais que vous ne vous entendiez pas avec les anciens propriétaires, mais j'aimerais que ça puisse en être autrement entre nous.

— Ah! je vois que Mme Brassard vous a parlé de nous. Ça ne me surprend pas.

— Non, non, ne vous imaginez rien. Elle m'a simplement dit que les deux familles ne s'entendaient pas, mais que ça ne devrait pas nous nuire.

— Juste cela? Sans plus de détails à propos de la dispute?

— Non.

— Alors, c'est sûrement la culpabilité qui la rongeait. Avez-vous le temps pour un café?

Mme Lapointe s'empresse d'accepter l'invitation. Elle souhaite mettre les choses au clair. C'est ainsi qu'elle prend connaissance de toute l'histoire. La querelle remonte au temps où elle et M. Brassard étaient enfants. À cette époque, on ne verrouillait pas les portes. Un jour, un précieux médaillon appartenant à la famille depuis plusieurs générations disparut. Les parents de Mme Smith accusèrent les enfants Brassard d'avoir commis le vol. Des pistes menaient à leur maison. Les Brassard ont toujours nié avoir quoi que ce soit à faire dans cette histoire.

Pendant ce temps, Zoé et Philippe terminent leur déjeuner.

— Phil, on va au grenier en attendant les ordres de Maman?

— Ouais! c'est une idée!

Filo sur les talons, ils montent au grenier.

— Regarde les vieux patins à roulettes, Phil. Peut-être qu'on pourra les essayer plus tard?

— Et ça, c'est quoi? On dirait des ciseaux.

— Et ce pot? *Wow!* comme il est vieux! Une casquette, un chandelier… Tous ces objets datent de quelle année, tu penses? demande Zoé.

— Drôle de morceau de bois! À quoi peut-il bien servir?

Philippe retourne la planche de bois pour découvrir qu'il s'agit, en fait, d'un petit miroir de fabrication artisanale.

— Oh! miroir, miroir, dis-moi qui est le plus fin dans cette maison? dit-il en riant.

— Que tu es bête! dit Zoé, ce n'est pas un miroir magique. Et ce n'est vraiment pas une question à poser!

Au même moment, une petite voix semble sortir du miroir. Philippe voit également apparaître le visage de deux enfants plutôt que son propre reflet.

— Bonjour, qui es-tu?

— Zoé, vite, viens voir. Il y a deux jeunes de notre âge dans le miroir.

Croyant encore que son frère rigole, elle s'approche doucement et, à son grand étonnement, découvre le visage de deux enfants, celui d'un garçon et celui d'une fille. Plus rapide que son frère, elle demande :

— Qui êtes-vous, qu'est-ce que vous faites là? dit-elle d'une voix mal assurée.

— N'ayez crainte. Nous ne vous voulons aucun mal. Nous sommes Sam et Anna. Nous avons vécu dans ce quartier, il y a bien des années, explique le garçon.

— Et qu'est-ce que vous faites là? répète Zoé.

— Nous attendions de l'aide, mais cela fait un certain temps que personne ne s'était approché du miroir. Ce miroir est notre seul accès à votre monde. Comme vous êtes les premiers, vous êtes tout désignés pour nous aider, dit Anna.

— Vous aidez à quoi? demande Zoé avec curiosité.

— À mettre fin à un conflit qui dure depuis trop longtemps. Quels sont vos prénoms? s'informe Anna.

— Moi, c'est Philippe, et ma sœur, c'est Zoé. Nous avons emménagé dans cette maison hier seulement. Mais de quoi est-il question?

— Assoyez-vous, nous allons vous expliquer.

C'est ainsi que Sam et Anna racontent à Philippe et à Zoé l'histoire de la chicane entre la famille de Mme Smith et la famille Brassard. Le vol de ce précieux médaillon est survenu durant l'hiver. Toute la famille était partie en visite, et c'est à leur retour qu'ils ont découvert le vol. Ils ont vécu cet événement comme un drame. Depuis très longtemps, le précieux médaillon appartenait à la famille. Il circulait de main en main, de génération en génération.

Les parents de Mme Smith se mirent à la recherche des voleurs et le seul et unique indice qu'ils trouvèrent fut des pas partant de chez eux jusqu'à la maison des Brassard. Ils accusèrent donc les Brassard qui nièrent tout. C'est à partir de là que les deux familles voisines cessèrent de se parler. Il vous faut donc trouver où est caché le médaillon. Il pourra ainsi être rendu à la famille de Mme Smith et, du même coup, innocenter les anciens propriétaires de votre maison.

— Trouver le médaillon? Vous êtes malades! dit Philippe. Si personne n'a mis la main dessus depuis tout ce temps, c'est qu'il est très bien caché ou que quelqu'un d'autre a disparu en l'emportant.

— Pas de panique, petit frère, dit Zoé, attends d'en savoir plus.

— Bien dit, rétorque Anna. Nous ne savons pas grand-chose, mais, à cette époque, une rumeur courait qui disait que le médaillon avait été volé par un jeune de l'orphelinat du village. Il paraît qu'il aimait les bijoux et qu'il s'en était approprié pour cette raison.

— Nous avions tenté de le faire parler, continue Sam, et tout ce qu'il nous avait dit, c'est qu'il avait caché son coffre au trésor au pied d'un arbre.

— Au pied d'un arbre? Mais il y en a des arbres, ici! se décourage Philippe.

Leur conversation est interrompue par le retour de leur mère.

— Zoé, Philippe, où êtes-vous? demande-t-elle en revenant de chez la voisine.

— Surtout, pas un mot de notre « existence », indique Anna. Vous devez garder le secret.

— On arrive, Maman, répond Zoé. On est au grenier.

Ils vont retrouver leur mère qui, à son tour, leur raconte l'histoire de leurs voisins.

— Crois-tu que c'est vrai que les Brassard ont commis le vol? questionne Zoé.

— Je ne sais pas, mais l'important, pour nous, est d'éviter de faire partie de leur chicane.

Puisque l'installation de leurs chambres est presque terminée, leur mère leur donne congé. Il fait beau, ils peuvent visiter le quartier. C'est une chance, car ils pourront entreprendre leur mission.

— Philippe, on retourne au grenier avant de sortir? demande Zoé.

— Ouais! Après, on pourra faire du vélo, répond-il.

En se dirigeant vers l'escalier, Filo toujours à leur suite, ils se demandent s'ils n'ont pas imaginé toute cette histoire. Un miroir qui parle et qui contient l'image de deux enfants. Philippe reprend le miroir et, immédiatement, Sam et Anna apparaissent, le sourire aux lèvres.

— Ah! vous êtes de retour! dit Anna. Nous avions peur que vous ne reveniez pas.

— On veut bien vous aider, dit Zoé. Mais comment faire? Par où commencer?

— Nous allons vous aider à élaborer une stratégie, dit Sam. Mettez-vous à l'aise.

Ils établissent donc un ordre de priorité quant à la recherche : leur propre terrain, le terrain où vivait le jeune démuni, les parcs du quartier, et ainsi de suite. Sam et Anna recommandent surtout de se faire aider par Filo.

— Faites-lui sentir les objets du coffre, apportez-en avec vous et tentez de vous mettre dans la peau du voleur pour trouver sa cachette, explique Anna.

— Ne fais pas cette tête, Philippe, dit Zoé. Allez, on y va! Ordre et méthode et, qui sait, peut-être découvrirons-nous quelque chose?

— Je ne pense pas que la probabilité soit bien élevée. Ça fait environ 60 ans que ce médaillon a disparu.

— En tous cas, 60 ans ou pas, moi, je trouve que notre arrivée à North Bay commence bien. Je crois que je vais m'y plaire.

Ils commencent leur recherche. La journée y passe, mais ils ne trouvent rien. Ils reviennent bredouilles et un peu découragés. Cependant, leur mère a organisé leur soirée, de sorte qu'ils ne peuvent y songer plus longuement. Souper au restaurant suivi d'un film au cinéma.

Le lendemain matin, les fouilles reprennent. Cette fois, Philippe apporte avec lui le petit miroir. Zoé le regarde d'un air interrogateur.

— Au cas où il nous porterait bonheur.

Ils repartent en mission, toujours en compagnie de Filo. Comme ils se préparent à aller dîner, Filo se met à japper, à émettre de petits sons et à gratter le sol. Les deux jeunes se regardent. Il est au pied d'un énorme érable. Serait-ce la cachette du voleur?

— Je suis certaine que Filo a trouvé quelque chose, dit Zoé. Aidons-le à creuser.

— Un os, peut-être. On ne peut pas creuser sans raison. Ce n'est pas notre terrain.

— Regarde, il a commencé.

Effectivement, Filo a commencé le travail et creuse avec ferveur. Comme cette race de chiens a un bon flair et qu'elle est capable de creuser des trous rapidement, ils le laissent aller en surveillant les alentours. Après plusieurs minutes, un trou d'un pied apparaît.

— Tu vois, je le savais! Filo a trouvé un coffre! dit Zoé avec excitation.

À deux, ils réussissent à le déterrer. Nerveusement, ils l'ouvrent. Le précieux médaillon est bel et bien là…

C'est en vainqueur qu'ils retournent à la maison retrouver leur mère.

— Maman, Maman, nous avons retrouvé le médaillon, dit Philippe, exalté.

Leur mère les regarde d'un air surpris. Sans entrer dans les détails, les deux adolescents expliquent que c'est Filo qui a creusé et découvert le coffre. Sans attendre, ils traversent chez les Smith pour s'assurer qu'il s'agit bien du précieux médaillon.

Lorsque Mme Smith aperçoit l'objet, elle fond en larmes. Oui, c'est bien le médaillon perdu. Ainsi, les questions retentissent. Où l'ont-ils trouvé? Chez eux, n'est-ce pas? Et c'est bien les Brassard qui avaient commis le vol? Quel n'est pas son étonnement d'apprendre que c'est dans le parc voisin qu'ils ont fait leur découverte! Une fois la surprise passée, Mme Smith s'aperçoit de son erreur.

— Tout ce temps, tout ce temps où nous avons accusé ces gens. J'ai honte. Je leur dois des excuses.

— On pourrait peut-être organiser une petite fête pour mettre fin au conflit, s'empresse de proposer Mme Lapointe.

— Oui, il faudrait faire quelque chose, dit M. Smith. Il faudrait aussi en tirer une leçon. N'est-ce pas, Clara? fait-il remarquer à son épouse.

— Oui. Je me rends compte que c'est peut-être la jalousie qui a poussé ma famille à ne pas vouloir croire en leur innocence. Les

Brassard formaient une famille tellement unie et simple. Le bonheur rayonnait chez eux. Ce n'était pas le cas dans ma famille. On enviait leur bonheur.

— Il faut maintenant passer à autre chose, dit Mme Lapointe d'un ton enjoué. Il y a eu suffisamment de tristesse. Mais qu'est-ce que tu fais avec ce miroir? demande-t-elle tout à coup à son garçon.

— Ah! on jouait à miroir, miroir, dis-nous où est le médaillon? répond-il.

Les adultes se regardent, perplexes.

— Ben non, c'est une farce! les rassure Philippe. Je l'avais apporté juste pour nous porter chance. On peut retourner faire du vélo? demande-t-il pour changer de sujet.

Une fois dehors, Philippe a beau regarder dans le miroir, il ne voit plus que son reflet.

— Zoé, ils ne sont plus là, dit Philippe.

— Peu importe, dit-elle. Mission accomplie. C'est l'essentiel… Maintenant, allons voir s'il y a des jeunes de notre âge au parc.

Secret
Bien Gardé

Clovis, assis dans l'abri rudimentaire lui servant de maison, se remémorait les événements importants de sa vie. Quatorze ans déjà s'étaient écoulés depuis la naissance de sa fille. Naissance qui avait coûté la vie à sa femme Maude. Il se rappelait très bien ce beau jour de juillet au pays des deux lunes. Tout s'était déroulé tellement vite…

La sage-femme présente à l'accouchement n'avait rien pu faire. Et Maude, en mourant, avait légué à sa fille son pouvoir particulier. Pouvoir non seulement particulier, mais unique à une seule fille par génération. Voilà pourquoi, suivant les recommandations de la sage-femme, pour protéger sa fille de personnes mal intentionnées, il avait soigneusement choisit un prénom approprié autant pour une fille que pour un garçon. En plus, jusqu'à maintenant, il l'avait élevée comme si elle était un garçon. Seuls la sage-femme et lui étaient au courant de ce secret. Secret qui ne pourrait être dissimulé encore bien des années, étant donné l'âge de Dominique.

Tout cela chicotait Clovis. En plus, la guerre qui avait éclaté, il y a de cela deux ans, avait divisé son clan et celui des Cricots. Depuis ce temps, les Milons vivaient dans la misère.

Le territoire où ils habitaient était limité en ressources. Étant le chef du clan, Clovis se sentait responsable de leur situation présente.

— Papa, où es-tu?

— Mais, Dominique, qu'est-ce qui se passe? Tu sembles toute bouleversée.

— C'est que…, c'est que…

Elle ne termine pas sa phrase et se met à pleurer.

— Dis-moi ce que tu as, l'implore son père, inquiet.

— Mon pouvoir… Je me suis évanouie et j'ai vu la catastrophe qui menace notre territoire. Il y aura un terrible tremblement de terre et des inondations détruiront une partie de nos terres. Ce sera horrible!

— Calme-toi, chérie, calme-toi et raconte-moi ça en détail.

Après lui avoir décrit sa vision, Dominique se sent un peu mieux. Elle sait qu'elle peut se fier à son père, grand chevalier et chef du clan, pour les sortir de ce pétrin.

Clovis sait qu'il doit agir. Mais comment expliquer la menace à son peuple sans pour autant révéler le pouvoir de sa fille? Pour ne pas affoler tout le monde, il convoque ses quatre amis fidèles.

— J'ai bien réfléchi à notre situation et je crois qu'il est temps d'agir pour assurer la survie de notre peuple, leur dit-il. J'aimerais donc que vous m'accompagniez dans ma recherche d'un nouveau territoire pour les Milons.

— Pourquoi cet empressement? demande Mathias, un des chevaliers.

— Je pense qu'il est sage de ne pas attendre que nos conditions se détériorent davantage, répond Clovis. Les vieillards souffrent et les enfants ne mangent pas toujours à leur faim. Sans parler des patrouilles continuelles des Cricots qui menacent notre sécurité.

— Moi, je suis partant, affirme Ian.

— Moi aussi, ajoutent, chacun leur tour, Théo et Damien.

— Et toi, Mathias, quelle est ta décision? demande Clovis.

— Il est certain que je ferai partie de l'équipe, même si je ne suis pas entièrement d'accord avec cette idée.

Les deux hommes se regardent. Clovis devine que Mathias sait qu'il lui cache les raisons de cette subite décision.

— Nous partirons dans deux jours. Je parlerai de nouveau à Cyprien. Ce vieillard sage nous a toujours dit qu'il existait un territoire de l'autre côté de la montagne.

— Tu es conscient de la difficulté qu'on aura à traverser cette montagne? demande Théo.

— Et que les Cricots en contrôlent les abords? renchérit Ian.

— En plus, ils hésitent à s'y aventurer; c'est certainement parce qu'il y a un danger, ajoute Mathias.

— Oui, répond Clovis, et c'est pour cela que nous prendrons deux jours pour préparer notre plan.

Sur ces entrefaites, les cinq chevaliers commencent à préparer leur voyage. Lorsque Dominique revient chez elle, son père lui annonce le départ du groupe.

— J'y vais avec vous, dit-elle.

— Il n'en est pas question, rétorque son père. Cette excursion est dangereuse, même pour nous, chevaliers.

— Papa, tu ne crois pas que, justement, mon pouvoir pourrait vous aider?

— Même si c'était le cas, j'ai promis à ta mère de te protéger; tu restes donc ici.

Leur conversation est interrompue par des coups frappés à la porte.

— Entrez, dit Clovis.

— Tu voulais me voir? demande Cyprien, un des plus âgés du clan des Milons.

— Oui, répond Clovis. J'ai décidé de partir avec Mathias, Ian, Théo et Damien à la recherche d'un nouveau territoire, et je veux apprendre tout ce que tu connais à propos de l'autre versant de la montagne.

— Mes grands-parents ont souvent raconté la légende qui disait que le territoire situé de l'autre côté de la montagne regorgeait de ressources. Lorsque j'étais enfant, ils parlaient même de s'y rendre. Et depuis que les Cricots nous ont isolés ici, je crois que la solution pour notre peuple est de tenter de s'y installer.

— Tu crois donc que c'est possible? demande Clovis.

— Possible, oui, facile, non, répond Cyprien. La légende parle de dangers venant à la fois du ciel et du ventre de la montagne, sans en préciser la nature. La magie y serait pour quelque chose.

— Je te remercie de ces éclaircissements, Cyprien.

Sur ces mots, Cyprien laisse Clovis avec Dominique qui en profite pour revenir à la charge avec son idée.

— Demande aux autres chevaliers ce qu'ils en pensent, dit-elle. Explique-leur la situation et

tu verras qu'ils voudront probablement que je me joigne au groupe.

— Non, c'est non! dit fermement Clovis. Cette conversation est terminée!

Le lendemain matin, à l'heure du départ, les cinq chevaliers s'activent à leurs derniers préparatifs lorsque Dominique arrive avec sa monture.

— Mon père accepte que je me joigne à vous, dit-elle. Je suis certain que je pourrai vous être utile.

— Dominique, cette expédition ne te concerne pas, rétorque Clovis.

— Je vous suivrai à distance si tu refuses, insiste-t-elle. Et tu sais très bien que je peux vous aider!

Les quatre chevaliers délaissent leurs tâches et regardent Clovis. Ils saisissent bien que cette dernière phrase, prononcée avec tellement de ferveur, signifie quelque chose. Clovis dévisage sa fille, puis les chevaliers. Il se rend compte que, s'il n'accepte pas, Dominique avouera son secret. Et ça, il ne le veut pas. Pas encore. Il dit alors :

— Nous partons dans une heure. Tâche d'être prêt. Et plus de questions! Il faut se préparer.

La première journée du voyage se déroule sans rencontrer de patrouilles de Cricots, et dans le silence. On monte discrètement un campement pour la nuit. On mange, puis on discute des plans pour le lendemain. S'il n'y a pas d'embûche, le groupe devrait pouvoir se rendre au pied de la montagne.

Très tôt, le lendemain, les six compères repartent. Ils franchissent une bonne distance et, après plusieurs tournants, voient apparaître la montagne. Dominique en a plein la vue.

— *Wow*! Quelle magnifique montagne! s'exclame-t-elle.

— Belle, mais dangereuse, rappelle Clovis. Et il faut la traverser.

— C'est vrai, admet Ian, que, vue de loin, elle n'a pas l'air si dangereuse.

— Pourtant, c'est le cas, reprend Clovis. Elle a toujours été qualifiée de mystérieuse et d'interdite. Voilà pourquoi personne ne s'y aventure.

— Alors, pourquoi le faire? demande Mathias. Pourquoi cet empressement?

Ils n'ont pas le temps de poursuivre leur conversation. Une dizaine de chevaliers aux couleurs du clan des Cricots se dirigent vers eux. Clovis ordonne immédiatement à Dominique de se mettre à l'abri derrière un rocher, et les cinq chevaliers se préparent à l'attaque.

Le chef du groupe s'avance vers eux en disant :

— Vous n'êtes pas sur votre territoire et vous le savez. Faites demi-tour et nous vous laisserons la vie sauve. Sinon…

— Nous nous rendons dans la montagne, dit doucement Clovis. Nous ne sommes pas ici pour chasser, ni pour nous battre avec vous. Laissez-nous simplement passer…

— Simplement passer? Ha! ha! ha! rétorque le chevalier.

Il se tourne vers ses hommes et crie bien fort :

— À l'attaque!

Une bataille s'ensuit. Dominique, terrée derrière le rocher, est terrorisée. Elle compte neuf chevaliers ennemis. Et eux, ils sont cinq. Comment feront-ils pour s'en sortir?

Heureusement, Clovis a les meilleurs chevaliers du clan à ses côtés. Après un combat aussi court que violent, les Milons sortent vainqueurs de la bataille. Ian et Mathias sont blessés, mais sans gravité. Les Cricots, sentant bien qu'ils ne sont pas les plus forts, s'enfuient ou se replient… difficile à dire.

— Dépêchons-nous de quitter cet endroit, dit Clovis. Ils peuvent revenir en plus grand nombre.

Ils chevauchent encore quelques heures avant de s'arrêter pour la nuit. Le repos est bien mérité.

Dès l'aube, le lendemain, le groupe reprend la route. Arrivé au pied de la montagne, Clovis s'arrête pour parler aux autres.

— C'est ici que nous entreprenons la partie la plus risquée de notre mission. Nous nous suivrons à la queue leu leu en restant aux aguets.

L'atmosphère est tendue. Dominique sent son cœur battre, mais ne veut rien montrer, de peur que son père regrette de lui avoir permis de faire le voyage. Elle veut surtout prouver qu'une fille est aussi capable qu'un garçon. C'est pendant qu'elle réfléchit à tout cela qu'elle s'évanouit. La chance lui sourit, puisqu'elle s'effondre sur le dos de son cheval au lieu de tomber à la renverse. Ian, qui la suit, s'aperçoit que quelque chose ne va pas.

— Arrêtez tous, dit-il. Je crois que Dominique ne se sent pas bien.

Se tournant vers sa fille, Clovis comprend immédiatement ce qui se passe. Aussitôt qu'ils débarquent de leur monture et s'approchent d'elle, elle reprend connaissance. Ils la regardent tous.

— Nous sommes en danger, balbutie-t-elle. À cause de la pluie, les pentes sont instables. Un éboulement se produira pas très loin d'ici.

— Mais qu'est-ce que tu racontes? demande Mathias.

— Il est sonné, et pas à peu près, dit Damien en riant.

— Arrêtez, dit Clovis. Si Dominique le dit, ça arrivera.

Tous le regardent d'un air ahuri.

— Peux-tu nous expliquer pourquoi? demande Mathias.

— Oui, mais plus tard. Pour l'instant, nous devons tenter d'éviter ce désastre. Dominique, sais-tu où surviendra cet éboulement?

— Pas très loin d'ici, après un détour et une montée abrupte.

— Marchons à côté de nos chevaux; ce sera plus prudent, dit Clovis. Si tu remarques quelque chose, tu nous le dis, Dominique.

Quelques minutes plus tard, Dominique s'écrie en montrant du doigt le haut de la pente :

— C'est là!

Au même moment, ils entendent un grondement et n'ont que le temps de se mettre à l'abri. Des roches déboulent et glissent sur le chemin. Ils échappent ainsi à un mauvais destin.

— Ouais! La route ne sera pas évidente, dit Théo. Il va y avoir des pierres à contourner.

— Oui, mais c'est mieux que d'en recevoir une en plein front, réplique Clovis.

— Peut-on savoir comment Dominique a pu deviner ça? demande Mathias.

— J'ai promis de vous en parler, mais je crois que le moment n'est pas approprié. Lorsque nous aurons atteint l'autre versant, je vous expliquerai tout.

Ils reprennent donc la route, avançant lentement et prudemment. Après le dîner, une autre surprise les attend.

— Qu'est-ce qu'on entend? Quel est ce bruit? remarque Théo.

Ils lèvent tous la tête vers le ciel et voient un énorme oiseau qui vole au-dessus d'eux.

— Qu'est-ce que c'est? demande Dominique.

— On dirait un aigle, répond Clovis. Mais je n'en ai jamais vu de cette taille.

— Il est énorme, murmure Ian.

Sur ce, l'aigle entreprend une descente vers eux.

— À l'abri, tout le monde! crie Clovis. Vite, dépêchez-vous!

Ils abandonnent leur monture et courent dans toutes les directions pour se protéger. L'aigle s'approche, et ils peuvent voir les serres immenses de la bête. Elles sont sûrement capables d'enlever un humain. Cette fois encore, la chance leur sourit. L'animal s'accapare d'une partie du ravitaillement et repart vers le ciel.

— Nous l'avons échappé belle, dit Clovis.

— Mais notre ravitaillement? s'inquiète Dominique. Comment survivrons-nous?

— Nous nous rationnerons. D'ailleurs, nous en avions plus que moins, reprend Clovis. Allez, il faut continuer notre route. Ne perdons pas de temps.

— Ouais! Continuons en attendant la prochaine épreuve, ironise Damien.

— Attendez, j'imagine que Dominique peut nous éclairer, ajoute Mathias.

— Chevaliers, arrêtez tout de suite! lance Clovis. L'heure n'est pas à l'ironie.

Sur cette note, tous reprennent la route. Ils chevauchent jusqu'au soir et, comme par magie, une grande grotte leur apparaît. Ils décident de s'y installer pour la nuit.

— Ah! Nous serons bien ici, dit Ian.

— Oui, pour une fois, un abri sur mesure, ajoute Théo.

— Je vais nourrir les chevaux, dit Dominique.

— C'est bien, et sois généreux avec les portions, répond Clovis.

Dominique termine son travail, puis entreprend la visite des lieux. Près de leur grotte, elle découvre une autre ouverture. Elle s'y aventure et arrive à un corridor. Vraiment étrange; il n'y fait pas sombre. Elle poursuit

son chemin et débouche sur une vaste pièce. « *Wow!* se dit-elle. C'est grand, ici, et il y fait chaud. »

Tout à coup, elle ressent une présence. Elle se retourne et aperçoit une immense bête qui la regarde d'un œil malveillant. Mais qu'est-ce que c'est? Elle veut s'enfuir, mais reste figée. La bête s'approche et VLAN!, elle pousse Dominique dans un trou. Un peu secouée, elle se relève et constate qu'il est impossible d'en ressortir. C'est trop haut et il n'y a aucune façon de grimper. Elle est chanceuse de ne pas s'être blessée en tombant, mais elle est maintenant à la merci de cette bête. « Dans quel pétrin me suis-je foutue? se demande-t-elle. Il va sûrement me dévorer! »

Entre-temps, au campement, on ne s'inquiète pas tout de suite de son absence. Toutefois, au bout d'une heure, Clovis commence à être nerveux. Où peut bien être passée sa fille? Les cinq chevaliers partent à sa recherche.

— Quelle direction penses-tu qu'il a prise? demande Mathias.

— Il aime les animaux, donc il a dû aller là où il y a de la végétation, répond Clovis.

L'obscurité les surprend. Pas de traces de Dominique. Clovis est désespéré.

— Nous ferions mieux de retourner à la grotte, dit Ian. C'est plus prudent pour nous, et peut-être que Dominique est revenu.

— Et s'il n'est pas là, que ferons-nous? demande Clovis, la gorge serrée.

— Tu sais bien que Dominique est débrouillard. Il est capable de se mettre à l'abri pour la nuit, répond Mathias.

Ils retournent donc à la grotte. À leur grande surprise, Dominique n'y est toujours pas, mais un homme s'y trouve, assis près du feu. Il regarde dans leur direction.

— Qui êtes-vous? Que faites-vous là? demande Clovis.

— Bonjour, je m'appelle Charles. Je suis un chevalier du clan des Tratis. Nous vivons dans une vallée située de l'autre côté de la montagne. Je suis à la recherche d'une jeune fille possédant un pouvoir spécial. Le sage de mon village m'a dit que je la trouverais dans les alentours.

— Impossible, répond immédiatement Mathias. Nous sommes seulement cinq chevaliers en

mission. Le fils de Clovis nou accompagne, mais il a disparu pour le moment.

— Qu'est-ce que vous lui voulez à cette jeune fille? questionne Clovis.

— Nous croyons qu'elle pourrait aider notre village à se débarrasser d'un ennemi. On m'a dit qu'elle serait accompagnée de cinq chevaliers.

Mathias regarde Clovis d'un œil inquisiteur, sachant très bien qu'il lui cache quelque chose.

— Clovis, saurais-tu des choses que nous ignorons?

— Aidez-moi à retrouver ma fille et je vous promets qu'elle vous aidera, lance-t-il.

Les quatre chevaliers du clan des Milons le regardent fixement.

— Qu'est-ce que tu nous chantes là? demande Ian. Ta fille?

Et c'est ainsi que Clovis leur raconte l'histoire de Dominique. Sa naissance, son pouvoir particulier, la dissimulation de son identité. Bien qu'abasourdis, les quatre chevaliers comprennent les raisons qui ont motivé Clovis à agir de la sorte.

Des ennemis auraient pu l'enlever et se servir d'elle pour commettre des actes répréhensibles.

— Je comprends maintenant pourquoi il ou elle ne réagissait pas lorsque les filles lui tournaient autour, dit Damien.

— Tu imagines la réaction de Baptiste, son ami de toujours, lorsqu'il apprendra ça? enchaîne Mathias.

— Il faut commencer par la retrouver, dit faiblement Clovis.

— Allons, reposons-nous et, dès l'aube, nous partirons à sa recherche, dit Charles. Je connais bien la montagne et ses secrets.

Dès l'aube, les recherches reprennent. Charles, qui sait qu'une *godache* se terre à l'intérieur de la montagne, en parle aux autres.

— Cette créature est aussi vieille que les deux lunes, leur explique-t-il. Les quelques rares personnes qui en ont déjà entendu parler disent qu'elle est l'ancêtre du dragon. Elle ne vole pas, n'a pas d'écailles, mais elle crache du feu et a une longue queue émettant de la lumière.

Ils prennent donc la décision de chercher de ce côté. C'est Damien qui trouve l'ouverture. Les chevaliers y entrent et, sans le savoir, suivent le même chemin qu'a emprunté Dominique. Ils arrivent dans la grande salle et sentent immédiatement la chaleur que dégage la *godache*.

— Soyons sur nos gardes, dit Charles. C'est une bête imprévisible. Sans grande malice, mais il ne faut pas la contrarier.

— Dominique, es-tu là? crie Clovis.

— Ne criez pas ainsi, réagit Charles.

Mais, immédiatement, l'appel de Clovis reçoit un écho.

— Je suis ici… Le monstre m'a poussée… dans un trou… Je ne… suis pas capable… d'en sortir…

— Attention, la *godache* arrive! hurle Théo en sortant son épée.

— Écartez-vous. Laissez-moi faire, dit Charles qui se dresse devant la bête et lance un sac à ses pieds.

— Qu'est-ce que c'est? chuchote Ian.

La bête ramasse le sac, se retourne et se dirige vers sa tanière.

— Que lui as-tu donné? insiste Ian.

— Un sac de bijoux. Elle adore cela. Mais dépêchons-nous de sortir Dominique de ce trou et de quitter cet endroit. La *godache* reviendra sous peu.

C'est ainsi que Dominique a été sauvée. Le groupe retourne au campement tout en questionnant Charles au sujet de la *godache*. Clovis annonce ensuite à sa fille qu'il a dû révéler leur secret. Charles offre de les aider à se rendre sur l'autre versant de la montagne si, en échange, Dominique accepte d'aider son peuple à se débarrasser de l'imposteur.

— Une fois que vous aurez réussi la traversée, il vous sera possible d'amener votre clan sans problème, puisque mon clan vous fournira une escorte. Les Cricots n'oseront pas s'attaquer au Tratis.

Trois jours plus tard, ils terminent leur expédition. Le territoire qu'il découvre est splendide. Il regorge de tout, autant d'animaux que de végétation. Dans très peu de temps, les Milons pourront y vivre heureux et en paix.

Titres déjà parus dans cette collection

-

Achevé d'imprimer en juin 2008
sur les presses du
Centre franco-ontarien de ressources pédagogiques